caiu poesia no meu café

GERENTE EDITORIAL
Roger Conovalov

DIAGRAMAÇÃO
Lura Editorial

REVISÃO
Gabriela Peres

CAPA
Lura Editorial

Primeira Edição
LURA EDITORIAL - 2021.
Rua Manoel Coelho, 500. Sala 710
São Caetano do Sul, SP – CEP 09510-111
Tel: (11) 4318-4605
www.luraeditorial.com.br
contato@luraeditorial.com.br

Dados Internacionais de Catalogação na Publicação (CIP)
(Câmara Brasileira do Livro, SP, Brasil)

Dias, Kermerson
Caiu poesia no meu café / Kermerson Dias -- 1. ed.
-- Lura Editorial -- São Paulo, SP : 2021.

ISBN: 978-65-86626-80-3

1. Poesia brasileira I. Editorial, Lura.

CDD-869.108

---

1. Poesia : Literatura brasileira
869.108

Kermerson Dias

caiu poesia no meu café

lura

DEDICATÓRIA

Tudo começou no meu lar, no interior da Paraíba, com mainha e painho.

Abriram mão de tanto! Fizeram de tudo para que eu e meus três irmãos tivéssemos uma educação de qualidade. Eles nos traziam livros, nos faziam conhecer histórias, novos mundos e aventuras.

Foi ali que o amor pela leitura nasceu, antes mesmo da leitura da palavra, da codificação das letras, da conexão dos sinais. A leitura me modificou, me transformou, me apaixonei pelas letras. Me tornei escritor.

O poema aconteceu, em cada estrofe e verso, por eles, pelo incentivo aos estudos, à leitura e, principalmente, à escrita.

É o que me move.

Com amor e carinho, dedico este livro aos meus pais: José e Lúcia.

Decrepitude

O limo que se acumula por cima dos
velhos telhados é como o lodo que brota
na terra úmida sob as árvores antigas.
Quantos belos passados se escondem
sob uma capa de decrepitude!
Se tivermos a coragem de olhar além do aparente,
seremos capazes de enxergar a dignidade
com que a natureza se reinventa.

Tempo

Eu vivi um tempo
em que o tempo passava moroso
sem o automatismo moderno
de quem rasga os calendários das paredes.

Eu passei por um tempo
que contar os dias era mais gostoso
do que pular as décadas.
Vivia as quatro estações

Ah, que bons tempos.

Quero tempo!

Quero um tempo sem pressa
que respeite a larva e o casulo
que espere o leite ferver.
Sem tantos *check-ins.*
Sem malas prontas.
Sem furos tortos.

Quero um tempo sem cobrança
sem vencimentos ameaçados
sem filas furadas
sem batidas no carro
sem "adeus" antes da hora.

Quero um tempo tolerante
sem amarras nos ponteiros
sem preconceitos nos olhares

Quero um tempo sem peso.
Leve como areia em ampulheta
que tire sarro do vento
que colha conchinhas na praia
descanse a massa do pão.

Quero um tempo sem impulsos
sem tempo algum
que fuja da obviedade programada dos manuais
e sem gosto de ansiolíticos.

Quero um tempo sem tormento.
Sem dores antes da hora.
Sem infortúnios na minha calçada.

Quero um tempo
que não se esqueça de mim
que durma o sono dos justos
que labore o nascer do sol.

Quero tempo.

O tempo é um poeta
que escreve no seu tempo
sem relógio no pulso
apenas papel, caneta e tempo.
Tanto faz segundos ou anos
Todos são filhos da sua eternidade.

Quero apenas o meu tempo.

Ainda há tempo?

Poemando

planto poemas
de amor
em cada coração
que me cativa.
minhas escritas
são um pomar
de afetos.
e assim,
sigo a vida
poemando,
poemando...

percebi que dizer
que te amo e estar
AO SEU LADO
é o mais próximo
que me faz tocar
O CÉU.

em guardanapos de bar
guardo lágrimas e poemas.

Deus poeta

cresci ouvindo:
"Deus escreve certo
por linhas tortas".

Demorei, mas entendi:
Deus foi o primeiro
dos poetas que conheci.

Ecos da Infância

Brincadeira de criança,
uma rua sem dono.

Haja pique num
sol dado ao meio-dia.

Gato escaldado se escondia
ou fingia contar até dez.

Passava anel
fincava pipa no céu.

"Cabra-cega, donde vens?"

Pega-pega
que roubaram a bandeira!
Já corriam a polícia e o ladrão:
batata-quente resolvida.

Só corria inocência
disfarçada em sorrisos de leite.

Corações limpos
almas de esperança.

Numa tarde amarelinha,
alegria era tocar no céu,
comer nuvem de algodão
doce que nem picolé da esquina.

A noite descia
o cansaço não havia
"Cada um pra sua casa!"
veio o mestre e mandou.

Pés no chão
terra nas mãos
marcas de sóis.

Felicidade:
Lembranças em nós.

Sinto

Sinto tudo muito.
A licença suave de quando bateu à porta.
A ansiedade indelicada de quando quis partir.
Senti demasiado, do amor à dor.

Ainda sinto tudo:
O cheiro amadeirado nas cartas que li,
Cada toque ameno na pele em arrepio.
O sussurro da respiração no beijo.
Lembranças de quando tudo era sentido.

Sinto tudo e muito.
Cada dor do processo,
mesmo que tudo não faça mais sentido.

Hoje prefiro te sentir distante.
Sinto muito,
mas eu sinto tudo isso.

deixei a porta
entreaberta
deixei um poema
pausado na vírgula
deixei uma xícara a
mais na mesa

se chegar hoje,
vou te amar num
beijo, em reticências
e num café.

o poeta que habita
em mim saúda
a poesia que habita
em você.

Fiz poemas na dor,
outros tantos no amor.
Soltos e bagunçados - já
não sei qual é qual
(ou talvez eu nunca soube).

somos

sentimentos dispersos
seres diversos
sorrisos imersos
soluços controversos
silêncios perversos
sonhos submersos
sabores conversos
saudades em versos.

VOCÊ NÃO VAI SABER
QUANTA LUZ HÁ DENTRO DE MIM
ATÉ QUE SE ATREVA A OLHAR ALÉM
DAS MINHAS RUÍNAS
DAS MINHAS TRISTEZAS
DAS MINHAS CICATRIZES.

nenhum poeta sai impune
depois de um poema encerrado.

asmático

é louco como eu respiro menos
quando fico ao seu lado:
teu sorriso rouba o meu ar.

dança comigo?

quando a saudade
tira as palavras
para dançar,
a poesia faz valsa.

Risco

Se amar é um risco,
meu coração é mira e rabisco.

Na marca de traço forte,
da ponta de flecha e caneta.
Rasgo de tiro dado na sorte
em coração de papel de poeta.

Tem traço de canto e encanto,
pelo olhar de quem dispara certeiro.
Tem contorno de sorriso doce
de quem lança sutil e arteiro.

Amor é risco para quem se arrisca.
Das linhas que borracha não apaga,
flecha que risca e não trisca
faz cicatriz que coração afaga.

De cada flecha e caneta,
as lembranças que não risco e salvo.
É inútil pensar que um coração riscado
de saudades não é alvo.

SEMPRE QUE EU TERMINO UM POEMA,
É QUASE UMA CONFISSÃO DE CULPA.

É PORQUE, NAS ENTRELINHAS,
DEIXO ESCAPAR QUE TE AMO.

Beija-flor

Há quem chame saudades
Visita de beija-flor
Não tem hora marcada
Chega assim, manso,
Pra curar dor

Vem em dança leve
Bailarino com asas
Faz tumulto no jardim

Tem coração como plateia
Em canto florido
Encontra água e afeto
Em pote colorido

Plantado no vento
Criado no tempo
É sorriso em fração de segundo

Canta miúdo no ar
É o amor que pousa
Quando a gente simpatiza com a flor.

você me despediu tanto
que fez minhas imperfeições
sorrirem pra você.

um poema,
às vezes,
é um abraço
em pensamento.

Hiatos

este hiato entre a gente

ou me mata
ou me faz poemar.

a poesia abre brecha
para o tocar sem se tocar.

admiro sua voracidade
em brotar como flor,
ainda que tudo à sua volta
lhe seja adverso e cause dor.
você é semente avidez de amor.

nossas manhãs

gosto de ficar à mesa,
todas as manhãs,
te vendo passar o café.
em cada detalhe,
apenas desejo:
um tempo sem pressa,
um café que não esfrie,
um beijo que não acabe.

sopro

às vezes, precisamos lançar ao vento nossos dese-
jos e sonhos,
soprar nossos melhores sentimentos
e nos deixar espalhar por lugares e pessoas
que nem sequer pensávamos tocar.

precisamos germinar o bem com as nossas menores
sementes.
o bom é apoiar-se em coisas que vêm do coração.

para uma alma sensível
até mesmo um dente-de-leão vira poesia num sopro.

NESTAS MINHAS MANHÃS,
PASSO TODOS OS CAFÉS,
MAS NÃO PASSO
A VONTADE DE VOCÊ.

eu sou um amontoado
de palavras desconexas e imperfeitas.
um poema que se lê,
mas não se conclui.
reticências
à espera de um fim.

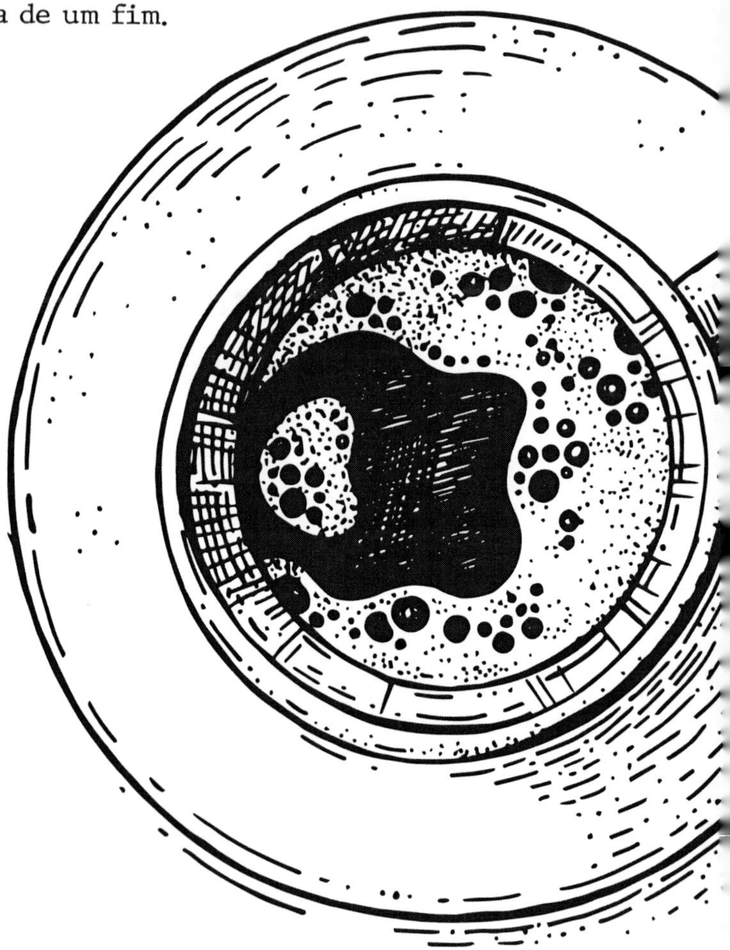

Art. 333

se meu mapa astral
não combinar com o seu,
eu suborno as estrelas.

eterno

a tua simples forma de trazer poesia
na minha vida inunda os meus versos
de uma alegria tão particular que sinto
uma pequena porção da eternidade
aqui no meu poema.

ABSURDO

POR QUE SERÁ QUE
QUANDO FALO EM
POESIA ACABO
PENSANDO EM VOCÊ?

decorações

tem coisas tuas soltas
por tudo que eu escrevo.
não me atrevo a organizar
esta bagunça bonita
que enfeita meus poemas.
é tudo de-**coração.**

um dia...

eu vou me disfarçar
de amanhecer,

só pra te ver despertar!

alérgico

- você tem alguma alergia?
- à sua distância.

ansiedade

poemas tambem são feitos para
guardar o que mais ansiamos.

Soltando pipa

Aprendi a fazer poesia na infância
Soltava pipa conversando com o céu
Criança fazendo arte
Sentimentos de amor e ódio com o vento
Olhos atentos
Respiração forte
Coração pulsante
As mãos rabiscavam versos nas linhas das nuvens
Quando a pipa rompia,
meu poema cruzava o céu
e num sopro levava todos os meus sentimentos.

Menino do Sertão

Carrega sua história em pés descalços, ombros ao sol, olhos marejados, com a expressão de quem quer sempre sorrir, mas transparece na verdade parte daquilo que tenta não mostrar por medo. Medo que lhe descubram antes mesmo de descobrir-se.

Moleque tímido, de cabelos pretos, escorridos na testa de suor de quem enfrenta um sol por dia. Seu corpo carrega a força de um povo, com orgulho e honra. O tom acanhado se desfaz com um abraço que aconchega.

Esconde os medos atrás de um sorriso desajeitado. Entretanto, o maior sentimento não é o medo, e sim aquele que se esconde por baixo de seus anseios, paixões enfeitadas de esperança e alguns sonhos que não sabe onde buscar, mas que um dia virão de encontro às suas dúvidas que nunca lhe parecem acabar.

Suas respostas não estão em caminhos ou espaços vazios, mas em seus olhos, que estão em constância de lágrimas. No entanto, aquilo que parece angústia também dá o brilho que encanta, mesmo desengonçado, mesmo que no estardalhaço, mesmo no fingir pra esconder-se, faz bem a quem lhe quer bem e ama tudo aquilo que encanta a sua alma.

Lá vem ele, homem, mas coração de menino...

Reconheço seus olhos, sua voz, seu sotaque, mas acima de tudo, seu coração.

Girassóis

Na amizade
somos todos sóis e girassóis,
mesmo que nem todos os dias
sejam primaveras.

golpe

nunca conheci
ninguém como você,
capaz de me derrubar,
sem nem mesmo me tocar.

Vontade não é sonho
se o avião pode ser de papel
Quando penso no impossível,
apenas olho para o céu.

Vitrais

Meus cacos reluzem em vitrais,
ainda que em cacos.
Em passos sem medo,
caminhos sob pés descalços.

O que me cortou?
Já não dói.
Cicatrizes findadas
num tempo vago.

Já habito num eu
que outrora não vivi.
Desconheceu?

Neste espelho não sou eu.
Versão de mim que se foi
em voltas ao sol.

Meu mundo interno.
Meu mundo inteiro.
Dissabores fizeram cores
Meus pedaços, num vitral.
Me fiz vital.

entardeço

todos os dias
entardeço em
saudades
a cada poema
que me ponho.

Papel de poeta

O poeta é um homem de muitos papéis
Dos lenços que o acolhem
Aos versos que se eternizam
Um coração que chora
E um sorriso que rima
Um contraponto
Um ponto
Nas entrelinhas que o abraçam
Nasce a magia, a poesia
Estreia o poeta.

Eu poeta

Para poetas inexatos,
o acaso traz coisas belas
assim como, para os exatos,
a exatidão lhes satisfaz.

Uns gostam de linhas,
outros de papel branco.

Para todos, com linhas ou sem linhas,
cabe à caneta a liberdade de expressar.

obras

ao poeta cabe o ofício
de pavimentar os ladrilhos
da vida.

nos caminhos da vida,
escrevo com a alma.
às vezes corro
às vezes caio
às vazes calma.

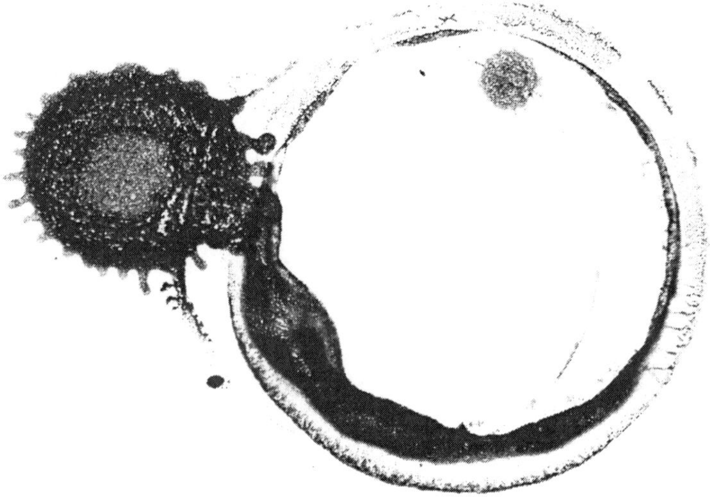

a saudade faz visita
com sua melhor roupa e perfume.
ela vai, o cheiro fica e passa a semana.
quando o amor.3

Na Janela

Um passarinho pousou na janela
A ele, sorrindo, chamei de Amor
Tão leve, assim, invadiu, encantador
Olhar miúdo, num canto, à capela.

Amor expandiu, beleza em cores
Sabia cada nota e afeto a dar
Tinha asas aveludadas de abraçar
Um alívio ao meu peito de dores.

Em sonho acordado para viver
Companhia em silêncio ao entardecer
Dos minutos juntos em felicidade.

Pequeno coração de penas partiu
Em meu canto, aqui, me deixou
Na janela, saudade ficou.

bobo

te escrevi, apaixonado,
nas entrelinhas e
acabei te amando
pelo poema inteiro.

Chegadas e Partidas

Entre chegadas e partidas, encontramos sorrisos infinitos.

Encontramos abraços que parecem durar uma vida inteira e olhos marejados como um oceano repleto de gotas de saudades.

A cada chegada, até o silêncio parece falar muito, e um suspiro vira um imenso discurso de afeto. Nestes intervalos, vivendo tão intensamente as presenças e as ausências, a gente vai amadurecendo, carregando conosco os sentimentos que nos unem.

A cada partida, valorizamos os sutis detalhes, muitas vezes imperceptíveis a olho nu, de quem zela mesmo aa distância. Das intermináveis conversas por chamadas de vídeo, que sempre têm espaço para mais um assunto; da mensagem enviada pelo nosso pai preocupado em saber se tomamos o remédio para o resfriado; da mensagem, às seis da manhã, da nossa mãe para nos lembrar do aniversário da avó.

A cada chegada, aprendemos que o tempo é um bem precioso e passamos a aproveitá-lo inteligentemente, pois cada minuto conta. Cada momento é um tempo que pode nunca mais acontecer. O café da manhã em família fica mais longo, com conversas tão saborosas. Cabem risadas e piadas, e também cabem mais alguns pãezinhos e uma nova garrafa de café. Tem tempo. Aprendemos que, ao morar longe da família, pagamos um preço alto.

E a gente se questiona, a gente se culpa, a gente se angustia. Mas o destino, a vida e o peito às vezes pedem que a gente embarque. E nós, que fomos, viemos e iremos, não estamos livres do medo e de tantas fraquezas. Nesta jornada, já aprendemos a fazer um milhão de coisas, mas voar, a vida vai ensinando lentamente.

Talvez por saber que nós aprendemos a pertencer demais aos lugares e às pessoas. E que, neste caso, poder voar nos causa crises difíceis de suportar, entre a tentação de ir e a necessidade de ficar.

E neste processo, o que nos alegra e conforta é que nas partidas levamos o que há de melhor no coração.

Como sempre voltamos, com a certeza de que encontraremos entre eles o nosso verdadeiro lar.

E amor.

(mar)

**Quando o amor
faz correnteza
no meu peito,**

eu oceano.

Amanhecer

Sempre que possível,
amanheça num coração
Seja uma luz em poesia.
Faça o amor em canção
Sorrindo fonte de alegria
ao outro como inspiração
Faça do amor o astro-rei
brilhando afeto e solar
Leve abraços de acolher
ao outro irradie no cativar
e faça um sol em você.

o coração,
o pulso e o impulso.

a poesia,
a palavra e o silêncio.

a caminhada,
o passo e a pausa.

a dor,
a semente e o fruto.

Se existisse um
manual de instruções do amor,
assim como os outros,
eu também não iria ler.

insônia

café e saudades me tiram o sono.
a diferença é que o efeito do café passa rápido.

poetas anônimos

tem gente que escreve
um poema na gente
e nem percebe.

você se faz paz,
em meio ao caos.

em horas:

um ponto de caos
em meio à paz.

amado

ao avistar teu coração,
me lancei
ao mar

e voltei amado.

belo era o arco-íris
até eu descobrir o gosto da chuva.

alguns nós são difíceis
de serem desfeitos.

você e eu, por exemplo.

Elegante

Eu me troquei
para te receber
e me vesti
numa simplicidade elegante
de quem se reveste
em amor.

Bagunça

Pode entrar:
repare na bagunça.

Porta-retratos virados
são fotografias passadas,
já rasgadas ontem.

Coração sangrado
fez marcas no assoalho
das pegadas da partida.
Feridas escondidas
dos estilhaços varridos
que ainda cortam.

Cortinas abertas,
ventos não as sopram.
Os meus silêncios soltos
correm confusos:
fogem da dor

Lembranças perdidas
junto às chaves da morada.

Não me importam!

Resta-me a meia-luz:
nela vejo passos.

Vale a espera.
A porta está aberta.

Ao entrar, pode reparar
minha bagunça.

Shakespeareando

há mais coisas entre
o café e a taça de vinho
do que sonha a minha poesia.

nosso encontro foi um acidente.
sorte que, ao prevermos o impacto,
os corações se abriram
e tudo foi
amortecendo.

Decifra-me

Decifra-me bem,
novo amor.

Me devora, mas devagar
Como quem lê Adélia
Numa tarde de sol manso
Em grama rasteira e úmida.

Me bebe, mas suave
Em cálice tinto
De olhos fechados.

Leia-me em um grafite
Num papel amassado
Pelo tempo
Pelo vento
Recita um poema
Sem pontos
Me costurando em versos.

Escreve no meu peito
Suas promessas
E dizeres a giz
A que veio
Tua mira
Sua rima.

Decifra-me bem,
novo amor.

Mas fique.

SE AMOR É FLOR,
EU FLORESÇO
TU FLORESCES
ELE FLORESCE
NÓS FLORES SEREMOS.

Espinhos

Aprendi que eu não passaria
por todos estes caminhos sem machucados.
Porque eu não vou.
Assim, sigo me fortalecendo
em amor e consciente de que para
colher as rosas é preciso
lidar com a dor dos espinhos.

permanência

quando eu conheci o recíproco,
ali percebi que era um bom lugar
para fazer morada.

Chá de Poesia

O amor sempre visita meu quintal
Pés molhados em terra choram alecrim
Meu soluçar arranca folhas de jasmim
Já pendurei minha saudade no varal.

Tanto clarão em tom de canela
Com palavras que me causam refúgio
E quebram os ponteiros do relógio
Sem teus olhos na minha janela.

O que me causa frio? Essa dor
Perdi as horas e os cravos do amor
Sou, quem sabe, flor poética nascida.

Talvez eu roube um beijo de hortelã
Talvez o sol me faça visita amanhã
Meu corpo toma chá de poesia.

águas passadas
não movem moinhos,
mas trazem rios de poesias.

essa sua mania
de colocar poesia
no meu café
tem causado fortes
efeitos colaterais
no meu coração.

Rua Coração

Amei pelo lado esquerdo da rua
Passei devagar, devagarinho
Contemplei a paisagem
As janelas da alma
E as portas do céu

Nos postes vi teus olhos
Clareando os meus
Esbarramos no muro
Pichado com nossos nomes
Amei pela via inteira

Rua Coração.

Abraça-me

Na imensidão entre os braços
Gentil suavidade dos traços
Entre os nós e sem espaços
Em alívio ao cansaço
Aos que decidem-se afins:
coração, amor e laços.

Amar-te

Eu viajei ao cosmos
para te ver constelar.
Permita-me que eu
Cometa o desejo de te amar.
Guardar todas as estrelas
unidas em versos
- nossos universos.

Por que desperdiçar um "eu te amo"
encabulado num silêncio se posso
te mandar em um poema?

Campina, tão bela e Grande

Quem te viu e quem te vê
em tantos Severinos e Marias,
Ramos e Ramalhos,
que assim te cantam
como Tropeiros do Amor,
Guardiões de Luz, Ariús
num sol que te ilumina,
numa lua que te beija.

Vila, em ruas, ladrilhos,
becos, vielas, ladeiras:
escuto passos de quadrilha
no forró que danço,
embalo e lanço.
Fogos aos céus:
aos meus e aos seus.

Como é bom poder ter-te, sombra de algodão,
feito um bálsamo, um perfume,
em noites de sanfona ao luar,
junto ao povo, olhando para o céu.
É São João!

Ó linda flor, linda morena,
Já te paquerava o Pandeiro
apaixonado por ti, minha pequena,
que cresceu e virou estrela.
E tem a chave de São Pedro.
Voa, voa, voa alto, como balão.
Ao mundo mostrou força.
Oh! Doce Campina.

Cidade onde a beleza se explicita.
Libriana, se faz majestade e alegria.
Minha Rainha!
A Borborema em poesia.

Hoje a saudade resolveu passear pelos meus jardins.
Ela só se esqueceu de tirar os sapatos.

amizade

amigos são como uma xícara de café forte
ou de suave camomila
com o poder de nos acalmar
nos fazer sonhar
e nos despertar
- não necessariamente nessa mesma ordem.

ficou cheiro teu em mim
em meus versos, fiz frascos
e seu perfume exalou
por todo o meu poema.

Os lugares mais valiosos para se estar
neste mundo são:

nos bons pensamentos,
nas orações e
no coração de quem você gosta.

Um poema para Alice

Amanheceu primavera
Num domingo de graças
Numa conspiração entre o sol e o ar
Que, leve, aquecia os corações
Soprando os ventos de boas novas

Os ipês sorriam vibrantes naquela manhã
Pareciam cochichar entre eles
Preparando um canto de amor
Que logo ecoou em choro
Em nascimento

Pequena e indefesa flor
Em meus braços pela primeira vez
Arrancou o mais profundo suspiro
Num olhar contemplativo
De quem esperou pela nova estação

Lindo é te contemplar
Flor que cresce em olhos de mel
Você, que já nasceu grande
Sob um céu vigilante
Das estrelas que brilham
Em festa pela sua vida

Das nossas simples manhãs
Os minutos de banho de sol
Nossos instantes sem palavras
Num colo que acolhe
Um olhar que conecta
Os sorrisos que iluminam

Do meu amor
Do seu amor
Da alegria de ser seu tio

E, assim, se faz primaveras em mim
Todos os dias
E traz tanta luz
Cheiro de carinho
Cores

Hoje ela ressurge, a primavera
Vem celebrar a minha flor
Que encanta nosso jardim
Flor com tantos "As" em seu nome
A de abraços
A de alegrias
A de afeto
A de anjo
A de amor

Alice.

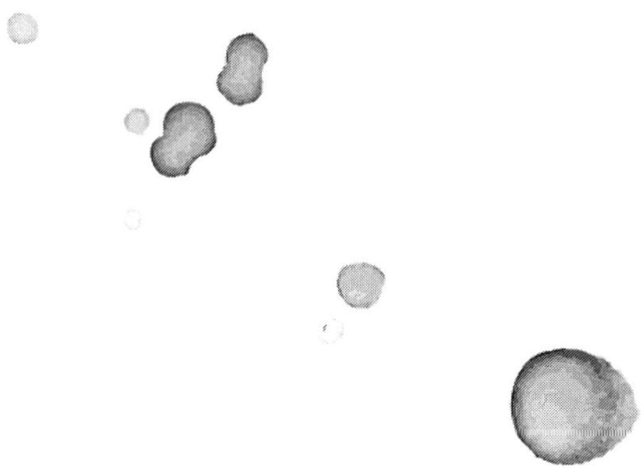

felicidade é transbordar amor
numa xícara de sol
a cada pôr de café.

no coração do poeta,
até os sentimentos que ele não entende,
se transformam em belas poesias.

Vazios

Não busco
um amor
que me complete,
mas na verdade
preciso
é de um amor
que me transborde.

Sou completo
de tudo que me
faz forte.
E mesmo quando
fraco
e falho,
meu coração
é companhia.

Já sou amor.

Sou intenso em tudo
que me inspira,
da emoção
em doses
de uma vida
contada
vivida
escrita
em segundos, respiros e palavras.

E me faço assim,
em poesias
cafés
e
amores.

Mas aqui há espaços
para mais versos,
um café da manhã
e abraços.

Se chegar,
bem-vindo, amor,
mas me faça
sair fora das bordas.

Não gosto de vazios
páginas
xícaras
almas

e que tudo me transborde.

Con(verso)

Converso

Converso com o amor
Com verso
Com rima
Em linhas com olhos fechados

O amor que bebe iniciativa
Pois não se vive
Pois não contempla
Nem enxerga somente aquém
do alcance

Amor que vê além
Além do óbvio
Para lá das estrelas
Muito acima do céu

Amor fincado em solo
Com pés descalços
Com meio à caminhada
E o sol a pino

Amor que se submete
Ao vento e prospera
Até o dia que serão muitos
Muitos amores

O amor que "vir-a-ser"
Faz jardim em nós
Em frondosos corações
Até flor-ir.

Há inúmeras formas de acordar alguém
com uma expressão de amor.
E uma das mais bonitas é
"Levanta, já fiz o seu café".

Que seja leve

Que seja leve
Um sopro
O canto
Que eu me espalhe
Em versos e gestos

Que seja delicado

O encontro de mãos
O abraço que toque
A saudade que beije
Em nós

E que leve

Em vento e tempo
Os estilhaços
Os palhaços
E os embaraços

Que eu solte as perdas
Que eu esqueça as pedras
Tudo que pesar
Que eu descanse
Que eu refaça
Vapor da dor

E que eleve

Em pensamentos
Os sonhos
E destes, quiçá
Nasçam asas
Voar
Pousar
Dos caminhos
Que me levem
Retornem
Mas transformem.

O amor
Que me faça
Rente e tênue
O coração
Que me tenha
firme e terno

E leve

Em riso
Que se abra
No suspiro
Que encante
Na alma nobre
Me faça forte
Na vida

Seja leve

que eu me doe,
que tu te does,
assim nós
não nos doemos.

Meus Destinos

meus destinos
sonhos que gritam
medos que dormem

olhos que incendeiam
mãos que suam
coração que desperta

coragem que emerge
um peito que explode
instante que respiro

pés que seguem
calos e sangue
cicatrizes em mim

sou o que sinto
experiencio o caminho
chego aos meus destinos.

visitas diárias

gosto de observar o sol
se esforçando para entrar
pelas brechas da janela
do meu quarto.

sinto que uma energia
quer tocar minha pele,
mesmo que não
compreenda a razão.

existe uma conversa
naquele silêncio.

todos os dias
espero por aquele
feixe de luz.

mas nem todos
os dias ele
me visita.

há dias
que preciso
visitá-lo.

gosto de sorrisos

frondosos
que reflorestam meus poemas
encabulados
que, discretamente, falam mais que mil palavras
frutuosos
que fecundam meus melhores sentimentos
criminosos
que roubam minha atenção
furta-cores
que colorem os dias mais tristes
indiscretos
que me pegam desprevenidos e me deixam sem graça
astutos
que tiram proveito da inocência do meu amor
afáveis
que me abraçam sem tocar
ousados
que me despem em segundos.

Gosto de sorrisos:
daqueles que simplesmente me fazem sorrir.

Noite

Eu adoro o escuro.

Há noites que nos clareiam.
O céu, sabiamente, nos ensina isso.

Cegamos com tanta luz.
Olhar para o céu e
namorar o brilho das estrelas.

No escuro
cada toque toca mais.

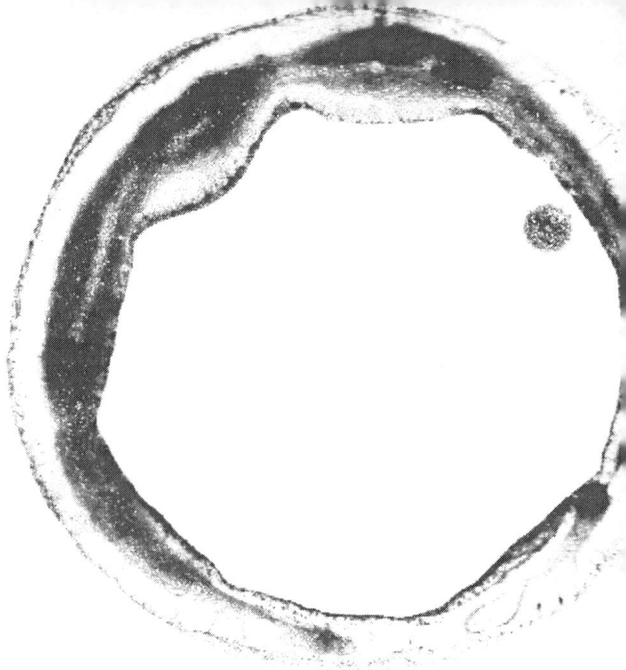

Mainha

Sou igual, mas diferente
Eu mesmo vim
Do pó
Incandescente

Sou amálgama
Do amor de mãe
O universo em
Uma noz

Mainha, carrego
Em mim
A sua voz

Elos

Tão belo
e ao mesmo tempo tão singelo.
Meu universo paralelo:
um beijo *céu*,
nosso elo.

Nossas colheitas

eu escolho, tu escolhes
eu escolho, tu escolhes
eu escolho, tu escolhes
eu escolho, tu escolhes
eu escolho, tu escolhes
eu colho, tu colhes

Você nasce copo-de-leite
nos meus cafés da manhã.

A POESIA É UM
SOLUÇO DO CORAÇÃO.

Minhas primaveras

Não merecem seu inverno.

Toda saudade
Já foi um presente
Muito bom.

saudade
é um dente-de-leão
à mercê de um sopro.

Viver é uma poesia,
ainda que desarrumada.

a todo amor
que faz nascente
em mim,
sorrio.

**tem "eu te amo"
que vem disfarçado de
"fica mais um pouco pra
um cafezinho".**

beijar você é como recitar uma poesia
sem precisar dizer uma palavra.

AVISO

Invisto em afetos
a perder de vista.

teu sorriso é o menor
pedaço da minha poesia.

eu não canso de dizer:
falar de amor nunca cansa.

Saudade é um semáforo
Que não sai do amarelo.

uma poesia boa
é aquela que
a gente se perde.

quando eu amar
transbordarei até
me perder de vista.

É normal que teu sorriso,
depois de tanto tempo,
ainda cause estragos em mim?

algumas coisas precisam do seu
tempo para fermentação:
o pão, o vinho, o poema.

- Que chato! Você só escreve sobre o amor.
- Desculpa. Amanhã, então, escreverei sobre como é chato não falar de amor.

Minhas pegadas

as folhas caídas sob as árvores
encobrem um chão tantas vezes pisado,
mas nunca descoberto de verdade.
quantos sonhos ficaram ali esquecidos,
sendo revolvidos por pés alheios.
pés que deixam vestígios de outros sonhos
em suas pegadas.

Te convido para uma dança.

Você é ritmo elegante,
eu sou desritmado.

Você é timidez,
eu sou aquele improviso.

Se tocar a nossa música:

Sejamos um par num amor ímpar.

Quando você chegar
vou sorrir assim desmesuradamente
vou escrever poemas e espalhar pela casa
um verso pra cada sorriso que você me deu.

o **amor** é libertador

metamorfose
metamorfos
etamorfo
tamorf
amor
tamorf
etamorfo
metamorfos
metamorfose

O que conforta mesmo é saber que nessa
imensidão de mundo composto por plurais
eu posso ser um singular.

onde não puder ser luz
não roube energia.
o coração do outro
não merece suas gambiarras.

amar
é jogar fora
os guarda-chuvas
no meio da tempestade
e

chover o amor.

A GENTE DIZ "EU TE AMO"
COM MAIS SINCERIDADE
TODA VEZ QUE COLOCAMOS,
EM SILÊNCIO,
O NOME DE ALGUÉM
EM NOSSAS ORAÇÕES.

todo café
tem aroma
de saudade

À SOMBRA DO JATOBÁ

"O importante é ter prazer. Longe de mim a inveja e a maldade escondidas... na vida. Hoje estamos nós em cena e não há tempo a perder. Pois tudo acaba mesmo sempre em despedida."

O compositor Toquinho é sempre muito feliz em suas obras, mas tenho um carinho especial por esta canção.

Eu estava escrevendo alguns rabiscos, taça de vinho e músicas rolando ao fundo, quando tocou "À sombra de um jatobá". Parei por alguns segundos, fiz uma viagem em pensamentos, mergulhei em cada verso da composição, ao mesmo tempo em que saboreava um gole de vinho. Tive a sensação de que a letra conversava comigo e dizia-me, como num papo de camaradas: "poucas coisas valem a pena", "o importante é ter prazer", "longe do amor de quem nos finge amar", "ter meus amigos comigo".

Uma daquelas belas verdades em forma de poesia.

E basta olhar ao nosso redor e constatar que não precisamos de bajuladores que nos reafirmem quem somos. A vida se torna leve e cheia de alma quando nos cercamos de amor.

Falo do amor simples, daquele que contempla o cheiro de terra, aquele da brisa batendo no rosto, do passarinho que canta no jardim, do bule do café fervendo na cozinha, da mensagem que chega desejando "bom dia", do sorriso tímido de quem chega fazendo surpresa ou dos abraços que congelam o tempo.

A maturidade vai apurando esta nossa sensibilidade, nos tornando seletivos por natureza.

Nestes aprendizados contínuos, compreendemos que o melhor da vida é ter conosco os verdadeiros afetos, dos amigos inteiros e presentes, mesmo que sejam poucos, mas que sejam. Daqueles que torcem pelas nossas vitórias, mas, acima de tudo, que lutam com a gente.

O bom é ter ao nosso lado pessoas "sem agrotóxicos", que não sentem vergonha de suas cascas e se perdoam de suas pragas. Bom é gostar de pessoas que não se inflam para serem maiores do que são, muito menos daquelas que fazem estardalhaços de suas virtudes ou de sua aparente vida "sempre feliz".

Gosto de gente que se humaniza, que põe os pés descalços num chão de pedras e sabe o quanto a caminhada é árdua, mas continua seguindo, reconhecendo o trajeto. Bom mesmo é estar ao lado de gente que valoriza a vida, nas mínimas coisas, como contemplar a simples sombra de um jatobá.

Bênção, Vó e Bênção, Vô

É impressionante como os dias de domingo sempre nascem com a capacidade de nos transportar a várias recordações e sentimentos tão nossos. Domingo tem forma de poesia, tem cheiro e tem um jeito todo especial de nos tocar.

E neste domingo, em especial, o coração amanheceu ainda mais saudoso.

Desde cedo somos apresentados ao amor em suas mais diversas personalidades no meio familiar, mas temos em nossos avós um sentimento único, que extrapola qualquer forma de expressão. Os avós transbordam um amor genuíno em cada sutil toque e palavra, nos pequenos gestos, sempre cheios de aconchego, de proteção e de carinho.

Neste exato momento, minha memória foi tomada com imagens das casas dos meus avós. Mas antes de escrever este texto, resolvi preparar um café. Na cozinha, já com olhos marejados, parei um "infinito" naqueles minutos enquanto o cheiro do café tomava conta de todo o apartamento e das minhas lembranças.

Minha infância tem este cheirinho de café. Lembro-me de que nossas tardes de domingo sempre eram marcadas por este momento em volta da mesa. Toda a família reunida. Vovó fazendo o café coado em pano enquanto Vovô tirava do armário as dezenas de canecas dos netos. E cada neto tinha sua caneca de alumínio gravada com o nome. E não podíamos levá-las para nossas casas, elas permaneciam ali, sempre naquele mesmo cantinho do armário, esperando nosso retorno no fim de semana seguinte.

O tempo foi passando, os netos foram crescendo e os cafés das tardes de domingo com todos reunidos ficaram cada vez mais raros. Mas as nossas canecas nunca saíram do armário. Meus avós sempre esperando nossa chegada, com os braços abertos e dispostos a fazer uma mesa cheia de bolos, pães, doces e aquele delicioso e único café.

Minha memória guarda uma imagem ainda mais poética dos meus avós, no portão da casa, esperando cada neto passar para o momento da despedida.

"Bênção, Vó."

"Bênção, Vô."

E um beijo na testa marcava o final do nosso dia de domingo.

É nesta imagem tão linda que me preencho de amor a cada gole de café agora.

A verdade é que a vida seria ainda mais bonita se aos nossos avós fosse conferida a eternidade.

Saudades...

Dedico à Vó Olívia, à Vó Lourdes (em memória), ao Vô João (em memória) e ao Vô Severino (em memória)

Quarentena

Quando tudo passar
vamos sorrir assim,
demasiadamente.
Aos felizes reencontros
entre abraços aquecidos
e nossos cafés musicados.
Cantaremos uma canção
para cada dose de saudade
que hoje faz quarentena
no coração.

Que todo aperto no peito hoje seja
um abraço da vida avisando que
dias melhores virão.
E que toda espera acabe num sorriso!

hoje te ofereço
um café,
uma flor,
uma música
e todo meu amor.

Pare!
Faça um café.
Sem pressa. Tem tempo.
Respira e inspira.
Uma atenção carinhosa à pausa.
Um olhar dedicado a alguém muito especial: você.
Respeita o silêncio de modificar.
E que partam os medos para gerar as descobertas.
E que partam os fins para sorrir aos recomeços.
Vamos? Sinal verde.
Seguir em frente, sempre.
Cumprindo as regras de contemplar o caminho
e espalhar, mundo afora, o amor e sua forma
peculiar de acontecer.
Viver é estonteante.
A lei aqui é ser feliz.

Você, o café e eu

Eu adoro café, mas sou ainda mais apaixonado pela forma como você prepara a nossa bebida favorita em nossos íntimos momentos matinais.

Você, o café e eu. O sol invadindo as frestas da janela, chega sem pedir permissão para colorir o espaço que é todo nosso. As cores ficam quentes, o que torna ainda mais forte a sensação de intensidade que logo será misturada em cheiros, olhares, sabores, sorrisos e beijos.

Fico encantado com como você coloca, delicadamente, cada dose de pó no coador de pano. Suave como cada palavra de carinho que você diz no meu ouvido.

E acho engraçado como você sempre me pergunta: "Vai querer?". E eu respondo sussurrando: "Eu quero é você". Nos diálogos curtos, e nos poucos sons que se ouve, enxerga-se a beleza com que você orquestra cada movimento da arte de preparar o melhor café. Da porta do armário que abre, da água enchendo o bule, do fósforo riscado - tudo vira nota musical.

Você, em seus passos leves, parece não ter pressa. Eu, do meu canto na ponta da mesa, observo cada detalhe. Ah, como eu te amo...

Acho incrível como você tem o seu tempo exato para a temperatura da água. Seus olhos brilham ansiosos. O café está chegando. É poético como você despeja a água quente do bule e parece coordenar a química perfeita entre o líquido e o pó - igual a quando me toca e provoca no meu corpo todas as reações.

De olhos fechados, você respira profundamente, como quem deseja recuperar todo cheiro do café que já se espalha pela casa. Eu sempre fico na expectativa de qual xícara será escolhida, pois você vai variando de acordo com o humor e o sentimento do dia. E fico todo bobo quando você pega aquela que te dei em nosso primeiro encontro numa cafeteria. Lembro-me de que você se encantou pela xícara azul e eu precisei convencer o dono do local a me vender. Custou caro, inclusive, mas nada no mundo paga o teu sorriso naquele momento. E saímos de lá de mãos dadas pela primeira vez.

Você, o café e eu temos uma combinação tão quente.

Eu amo teu sorriso tímido após cada gole de café, como quem se esconde atrás da xícara. Eu gosto de café, mas prefiro o gosto dele em nosso beijo assim que você toma o último gole.

Amigo é cheirinho de café com pão
é afeto e cuidado em ebulição
alimento da alma, de domingo a domingo
que vivo sem desperdiçar um pingo
amigo traz esperança e acalanto ao coração
é amor que se consome sem moderação.

- Me ama?
- Sim, do tamanho do infinito.
- Pouco!
- Sim, eu te amo POUCO além do infinito.

- Oi! Estou passando para dizer que te vi hoje.
- É sério? Onde? Como assim?
- Sim, porém você não me viu. Você passou por um sonho meu, sentou-se por alguns instantes nas minhas lembranças, pediu um café, sorriu e partiu. Deixou meu coração superaquecido.
- Ah, é verdade, passei por lá! Mas você viu que deixei um bilhetinho debaixo da xícara dizendo "te amo"?

seja como for
seja cor
seja flor
seja amor

Quando a expectativa expira
O amor respira
E tudo (re)começa.

Ponto de vista

Pela janela o mundo se apresenta maior ou menor,
de acordo com o que pensamos.
A paisagem é fixa ou pode rolar,
depende da situação em que nos encontramos.
Certas imagens atrás do vidro refletem o estado
de nossos pensamentos.
O sol pode chorar e a chuva pode brilhar.
Podemos ser surpreendidos por pessoas também.
Mãos estendidas, prontas para nos picar.
Tudo é uma questão de interpretação,
mas os bandidos nunca serão os mocinhos
E a janela pode mudar isso.

o que guarda no peito para
viver quando tudo isso passar?

aqui dentro

há tantos abraços guardados
em instantes esperados.

há sorrisos inéditos
em encontros prometidos.

aqui dentro
há, por hoje, saudades,
esperanças e fé.

Já me perguntaram algumas vezes: "por que você escreve tanto sobre o amor?"
E percebo que nunca respondo com as mesmas palavras.

Percebi que o amor é, dos tantos sentimentos com que me construo, aquele com quem mais converso.
O amor me ensina.
Ensina ser nosso, ser de nós e fazer parte.
Amor é meu desejo contínuo, crescente e perene.
E que todo amor seja precioso, preciso e certeiro.
Que, bem quando a gente nada espera, lá esteja — e seja — tudo.

Talvez amanhã me perguntem novamente por que falo tanto sobre amor.
Sim, com certeza, responderei de outra - nova - forma.
Pois, todos os dias, eu me descubro novamente no amor.

Eu adoro quando alguém, com um olhar sincero, diz:
"você me faz tão bem do jeitinho que você é".

Que a vida seja doce
Que a vida seja leve
E que me permita flu(ir)...

Trocas sinceras geram afetos sinceros.

CORAGEM

eu sou
eu suo
eu vou
eu voo

Meia-idade

Aos teus olhos, as verdades se destacam.
Posso ver neles os sonhos, vida e um fio de ouro.
Este fio de ouro que conecta tua alma ao teu corpo.
Tua alma está ótima,
Teu corpo está velho.
Tua alma canta, teu corpo cantarola.
A tua velhice te abandona
deixando nos teus olhos conchas de um verão
na praia,
uns doces distribuídos no recreio.
Longas horas de viagem, na parte de trás do carro,
esticado, olhando para o céu e para as nuvens.
As tanajuras que queríamos apanhar,
num fim de domingo de céu caramelo.
A manga no pé que adorávamos roubar
da velha casa da esquina.
Teus olhos me lembram de como a vida era linda,
de como a vida era saudável.
Ainda quero parecer uma criança.
Eu não quero adormecer muito.
Eu quero sonhar e viver como antes.

Esperanças

Desigual, desigualdade.
Quem está certo?
Eles estão todos errados!
Vamos caminhar juntos.
Separadamente, somos menos fortes.
Como parar o ódio?
É suficiente pregar a boa palavra?
O mundo tem fome de amor
O amor verdadeiro!
Aquele que nos faz sentir vivos.
Aquele por quem desejamos ser grandes.
Eu quero que o amor fique firme em nossos pés.
Não quero mais ver ninguém caminhando no escuro.
Escreva nas paredes que vida é sinônimo de beleza.
Tranquilize as crianças sobre seu futuro,
prometendo memórias melhores.
Ouça a música ao vivo,
deixe-a explodir nos corações.
Deixemo-nos embalar pelas notas de um piano velho,
pela voz suave de um artista apaixonado.
Vamos esquecer alguns momentos passados.
Vamos todos ser bons.
Vamos viver com paixão.
Não quero mais ouvir bobagens na TV.
Não quero mais ter medo em alguns bairros.
Porque sempre haverá más línguas
nos dizendo o que é mediocridade.
Não permitamos que nossos irmãos,
nossas irmãs
lutem continuamente contra o vento.
Deixe-nos trazer o conforto necessário,
para aqueles que têm fé
e para aqueles que a perderam.
Sim, Deus é ótimo,
mas nós também!

Felicidade em cinco sílabas.
Assim como sim-pli-ci-da-de

Marcha soldado
Cabeça de papel
Quem não me amar direito
Perde espaço no meu céu.

Preparei minha casa em Vênus para te receber.
Que horas você chega com sua Lua?

Calços da vida

Eu não gosto das estradas fáceis.
Quero coletar as flores do impossível
ao longo do caminho,
frequentemente
inacessíveis ao meu instinto.
E perseguir com passos voadores
a felicidade que desejo.

Não quero ter medo de me perder,
porque realmente se perde
apenas aquele que se rende
antes de tentar.

Quem esquece a si mesmo
para se conformar com os outros assim,
despe-se da esplêndida singularidade.

Trago a pele
feita de armadura,
hematomas e cicatrizes,
mas também de mil carícias
que não posso esquecer.

Calço a vida com orgulho,
mesmo que às vezes caiba apertado
porque me construí,
com vitórias e derrotas.

- Você concorda que todo amor é amor?
- Concordo! Em gênero, número, grau e diversidade!

**Eu e minha poesia
vivemos em um constante
relacionamento aberto.**

quando se fizeram
cinza meus dias,
surgem teus olhos
a desanuviar.

Poesia em Sopro

Às vezes a gente precisa lançar ao vento nossos desejos e sonhos,
soprar nossos melhores sentimentos
e deixar espalhar-se por lugares e pessoas
que nem sequer pensávamos tocar.

A gente precisa germinar o bem com as nossas menores sementes.
O bom é apoiar-se nas coisas que vêm do coração.

Para uma alma sensível,
até mesmo um dente-de-leão vira poesia num sopro.

- Está vendo aquele pássaro no céu? É o meu amor por você.
- O pássaro?
- Não. O céu.

Dos meus erros

Ao fechar meus olhos,
posso estender a mão,
tocar este sonho brilhante com meu dedo.
Posso voar pelo ar e me encontrar de volta.
Mude as escolhas.
Diga: eu não quero!
Toque sua pele tão macia com meus dedos.
Tão sábio.
Duvido que algum dia consiga olhar para o seu rosto.
Você não vai voltar.
Sequei suas lágrimas antes de começar.
Danifiquei você da cabeça aos pés.
Você teria me tornado a pessoa certa.
Enfrentando qualquer luta, eu teria lutado por você.
Meus punhos atingiram a parede
construída entre seus olhos e os meus.
Por que você está me deixando?
Venha de volta.
Eu quero segurar sua mão.
Deixe-me fechar meus olhos,
já que fechei os seus.
Sinto muito, eu me culpo.
Você está tão longe...

Poema cicatrizado

De repente,
As flores escapam
Como borboletas
Voam para longe
Deixando rastros
Cicatrizes
Feito por seus espinhos
O tempo congela
Pela suavidade das agulhas
Introduzido suavemente
Superfície
Deixam transparecer
Algumas doenças
Na página
E então
A dor está passando.

Entre o hoje e amanhã

Percorremos as linhas e várias fases da vida.
A cada letra, um coração dilacerado.
Uma respiração interrompida por um único e mesmo pensamento.
Quando uma alma perde sua metade, uma vida inteira é destruída.
E pensamos que estamos perdendo nosso tempo curando nossas feridas.
O carrossel ainda está girando e nós sabemos disso.
Ontem nos amávamos e amanhã voltaremos a nos amar.
Hoje, isso realmente existe?
O presente está bloqueado pelo passado e pelo futuro.
Podemos ter tantas aventuras,
mas estamos realmente vivendo?

Confiante

Eu apertei as mãos esta manhã, no ar.
Não havia ninguém lá para me prometer que os dias melhores
ainda estariam aqui amanhã.
Estou voltando de um ontem,
e minhas lágrimas já ouviram tudo.
Contei os silêncios entre cada nuvem que passou.
Comi poeira soprada pelo vento.
Eu estava com frio, tremia de vez em quando.
Meus dentes batiam como as venezianas das casas.
Fico feliz quando o céu fica azul.
Respiro confianças.

Alma nova

Aos teus olhos, as verdades se destacam.
Posso ver neles os sonhos, vida e um fio de ouro.
Este fio de ouro que conecta tua alma ao teu corpo.
Tua alma está ótima, teu corpo está velho.
Tua alma canta, teu corpo cantarola.
A tua velhice te abandona deixando
nos teus olhos conchas de um verão na praia,
uns doces distribuídos no recreio.
Longas horas de viagem, na parte de trás do carro,
esticado, olhando para o céu e para as nuvens.
As tanajuras que queríamos apanhar,
num fim de domingo de céu caramelo.
A goiaba no pé que adorávamos roubar
da velha casa da esquina.
Teus olhos me lembram de como a vida era linda,
de como a vida era saudável.
Ainda quero parecer uma criança.
Eu não quero adormecer muito.
Eu quero sonhar e viver como antes.

Únicos
As rosas adormecem
Em um redemoinho de amoreiras
Urtigas misturadas
Acariciando uma pele embriagada
De um perfume cítrico
A beleza é plural
E o poeta não vê comuns.

Mergulhos

O que você está fazendo sob uma lua escura
dominada pelos olhos dos crentes?
Você está orando ou é capturado pela beleza
de uma mancha de luz que clareia as orações?
Observe a água bater nas rochas.
Como se a escória quisesse escapar e rastejar até
o chão.
Você acha que os peixes pequenos ficam grandes
quando saem da água?
E você acha que precisa ser inteligente para
respirar?
Acho que estamos submersos, tentando nos convencer
de que todos os peixes grandes já estavam submersos.
O cume é para sonhadores e, se você gosta de estar
no fundo,
nunca escalará.
Quem quer que você seja.
A lua está esperando por você,
um dia você vai subir à superfície e respirar
profundamente.
Mas primeiro, suba ao nível do mar.
Você vem do fundo,
é um bom começo.
Você não vai descer,
então diga a si mesmo que o melhor está à frente.

Oração poema

para tudo que eu não puder abraçar,
os versos envolvem.

para tudo que eu não puder falar,
as rimas proferem.

para tudo que eu não puder chorar,
os pontos soluçam.

para tudo que eu não puder sorrir,
os rascunhos revelam.

para tudo que eu não puder esquecer,
as palavras guardam.

para tudo, para todo sempre:
a poesia.

Hoje

E nada é tão nosso quanto cada minuto
que cabe nosso mundo.
Nossos sonhos semeados
por passos e atitudes,
Se fazem no instante do agora.

Eu quero o melhor hoje.
Eu, hoje, quero o melhor.
Eu, melhor, quero o hoje.

Velhos domingos

Aquela criança tinha paixão pelos domingos
Não tinha escola, nem dever
Mas tinha casas de *voinha e voinha*.

Na minha terra, domingo é dia santo.

Sol fustigava feito lança
Coroando a cabeça do moleque
Partida de bola
Em campo de terra batida
Comia poeira que nem sentia
Tacava pedra no pé de manga
A vizinha gritava,
Mas criança tem foguete nos pés.

Aquela criança esperava com devoção os domingos
Cresceu comendo quebra-queixo
E pipoca de saquinho
Moleque de moeda na mão
Era feliz na mercearia da esquina
De longe já enxergava Seu João,
No tamborete de madeira,
Cara de bravo, barba branquinha,
Pensava que assustava,
Mas a vontade era ali morar.

Aquela criança era apaixonada pelos almoços de domingos
Como cabia tanto feijão na panela da Vó?
Tinha fila que não acabava mais
Suor na testa, não perdia nem tempo
Prato cheio, tinha criança em todo terraço
Era "comida no bucho" e pé no mundo
As tardes corriam mais rápidas que pega-pega.

Aquela criança vivia os melhores domingos
Hoje, ela guarda em memórias
Revive nas saudades
Escreve em poemas
Aqueles domingos parecem que foram ontem

 Queria, amanhã, acordar num domingo deste.

Armaduras

Se eu tivesse medo do sol,
temeria a chuva
Se eu tivesse medo da paz,
temeria o barulho
Eu carrego medos vestidos de ferro
Eu escondo bravuras no punho cerrado
Se eu gritar, é para acalmar o coração
Eu tenho sede de viver
Minha água é batizada com esperança.

Um café para ela

Os domingos vestem roupas de passeio
ou de quem aguarda visitas.
Tardes que findam num outono amarelo
Eu passo o café para nós dois.
Ela espera paciente
Acompanha minha respiração
Como quem vigia meus pensamentos.

Sentados à mesa,
Contemplativos,
A vejo em minha frente, serena e silenciosa.
Os ponteiros do relógio revezam
Com as batidas da xícara na mesa,
A cada gole, que esquenta a alma.
Nada mais e ninguém fala.

Eu não esperava que ela viesse,
Mesmo que nunca anuncie suas chegadas.
Mas parece que sempre estou
Abrindo a porta para sua companhia.
Me levanto, num suspiro infindo,
Olho por cima dos ombros
E a vejo ali, discreta,
Com seu café ainda quente,
Que nunca esfria.

A saudade não foi embora.
Ela, por vezes, faz hora extra.
Sem pressa de partir.
Quando já tarde,
Ela me coloca para dormir.

Poeta da madrugada

Peguei uma caneta esta noite,
aliás, manuseei como uma pipa dançando no ar.
O tempo acaricia minhas palavras,
me permite acreditar em muitas coisas.
Quando inclino o olhar,
sou tocado pela suavidade das rosas,
repousando na beira do terraço ao lado,
dos pássaros que vêm morder os restos
de uma refeição sombria.
Me deito na minha rede
e tudo parece lindo para mim,
mas quando o canto dos pássaros desaparece,
ouço meu batimento cardíaco cantarolar.
Um momento de angústia.
Agora estou sozinho diante do espaço
que me cerca e me abraça.
Ele me oprime com maldições e sarcasmo.
Dê-me um momento para recuperar o fôlego,
porque ele pendura sob o peso de suas lembranças.
Você não está bem, eu posso sentir isso por você.
Suas mãos apertam minha alma cansada por seus
contratempos.
O vento sopra uma brisa gelada sobre mim,
posso ouvir um pedido de ajuda.
Vou levar esse sopro no rosto e amanhã vou acor-
dar.

Punição

Boca de apaixonado,
fantasma enganador.
Todas as conversas melosas
ditas em tempos bons
reduzidas a mentiras
quando os tempos bons não são frequentes.

Sua boca, um capítulo da carta de amor,
com ganchos de ferro e prata, cuidadosamente
tecidos em sua pena, me pegou.
E, ao mesmo tempo, me magoou profundamente.
Quando voltei para a liberdade,
havia me esquecido de como vagar ingenuamente.

Quem disse que você gostaria de mim para sempre?

Tudo bem me ignorar se eu tiver amor.
Achei que nem todo mundo seria capaz
de dizer isso tão facilmente pelo resto da vida.
Então, fui cauteloso e coloquei isso no fundo do
meu coração,
mas o tempo provou que eu estava errado.
Por toda a vida, por esse enorme mal-entendido,
serei punido esperando que as três palavras desa-
pareçam:
"eu te amo"

Poema de proteção

Para todas as lágrimas, palavras únicas.
Que a espera se transforme em uma arte
e o encontro seja a inspiração.
Se não encontrarmos ninguém,
primeiro vamos nos encontrar.
Não quero escrever o som da solitude,
nem quero dizer que faço poesia em tudo,
não é possível.
Indulgência e liberdade são separadas por uma linha.
Eu escolho o lado que me protege.

Medos

Odeio se o tenho, odeio se o perco.
Imagine que um segundo de amor é precioso,
mas pense no décimo segundo.
Quantos sorrisos perdemos até agora
por menos de sessenta segundos?
Ou será que cuidar é fundamentalmente contra a
natureza humana?
Para a alma vazia, o abraço torna-se uma panaceia
e um veneno para a náusea.
Se sabemos que somos inconstantes, podemos estar
dispostos
a abrir mão de nós mesmos e dos outros?
Estava uma bagunça e os meus animais gregários
adoeceram de solidão.
Eu quero comer bolo, mas tenho medo de doçura.

Poema quente

Na sua frente,
quero tirar a máscara hipócrita
e me tornar um pervertido sincero.
Abraçar você, beijar você, tocar sua pele
sentindo amor com todos os tipos de calor.
Estou apaixonado, e eu amo.
Por favor, experimente a vida visceral comigo,
e entenda que a felicidade é
uma poesia.
É colorida,
plena e embriagada.
Se você pensar a respeito,
seremos abençoados
e o amor ao companheiro nos fará viver muito.

**OPTEI POR SER ARMADO COM UM LÁPIS,
PARA SEMPRE UM SOLDADO.**

Voo

Não quero limitar-me apenas a desejar que fique
cada vez melhor,
mas desejo estar cada vez mais aberto,
e uma certa dinastia pode, finalmente, cortar
o mundo
quando meus olhos estão fora da janela.
As águias voadoras não entram na terra, elas
não vagam.
Quero estender minha própria felicidade na terra,
melhor do que satisfazer o vento que não me per-
tence no céu.
Quero sorrir, sempre sorrir, usar bons pensamen-
tos para transcender
a vida e a morte de hoje e dar as boas-vindas à
nova vida de amanhã.

Dança e duelo

A partir de amanhã,
deixaremos de ser a pessoa certa para sermos, apenas,
nossas versões singulares de nós mesmos.
No entanto, estamos em harmonia um com o outro,
mas incompatíveis.
Afinal, o encaixe das sobrancelhas
não é digno do desejo do meu coração.

Por que os sentimentos sempre se preocupam com o
sacrifício, ou não?

Amor é tango.
Alguém avança, enquanto outros recuam.
Ninguém deve ceder sempre
e ninguém deve ser sempre forte.

É raro que as duas partes deem as mãos em
uma dança.
Então, por que se preocupar em relatar os erros?

A perfeição tem conforto perfeito e estranheza.
Se insistir em ser totalmente imparável para as
habilidades de dança,
por que não apenas dançar com as sombras?

Quando o amor se transforma numa guerra
entre duas pessoas que se importam,
não há vencedor
e estamos condenados a perder tudo.

Sintonias

Você pode amarrar seu coração
em vez de dar as mãos.

E as pessoas que estiveram em contato com inúmeras coisas,
não é uma escolha formal de deixar ir,
podem ficar tranquilos,
é sobre o dia da separação.

Mas nunca pude deixar de olhar para trás:
Gosto de você.

Tornei-me a última pessoa a sobreviver
no mundo do amor e continuei a transmitir
ondas de rádio em canais que ninguém ouvia.

Você pode me ouvir?

Você não viu nenhuma mensagem em seu tempo e espaço,
e também há pensamentos
que secretamente buscam sintonias recíprocas.

Ame-se

Na vida, encontraremos milhares de pessoas más.
Você não ficará desapontado, acredite em mim.
Pelo menos você terá visto.
Pela força, sabemos levar apesar dos golpes recebidos.
Já ouvi várias vezes que estamos cansados.
As lágrimas escapam apenas para secar.
A hipocrisia se tornou uma generalidade.
Você nem sabe mais a quem amar e reconhecer alguém que realmente te ama.
E então, como amar?
Você sabe, dizemos que amamos flores logo depois de cortá-las.
Isso não faz sentido,
mas a maioria das pessoas diz que elas são muito boas nisso.
Dotado de uma inteligência suprema cada
vez maior.
Existe uma luz dourada no fim do túnel?
Eu diria uma mancha ou migalha perdida que
o vento
fez refém para vender sonhos e boias.
Neste barco, cheio de pajens e destinos enjaulados,
tudo parece flutuar, apesar da maré baixa, mas
nada afundou.
Ofereceram-me um tema sobre esperança e coragem,
mas não sei o que oferecer.
Acho que no fundo meu humor ainda está feliz
por respirar.
O cheiro das flores e suas pétalas coloridas.
Sempre há um pouco de doçura por onde os valentões vão.
Você tem que saber ler o seu coração,
é aí que está a chave.
Você sabe que é fácil se tornar um professor,
pregar a boa palavra enquanto tenta estar certo.
Mas tudo que lhe aconselho é saber apagar a luz.
Portanto,
a terrível mancha no final do túnel,
limpe-a e deixe sua alma em paz.

Viva o que você tem para viver,
para o bem ou para o mal,
e aceite a dor como lição.
Seja forte, mas não se force a ficar em pé,
você tem o direito de estar cansado e exausto.
Confie em si mesmo e,
acima de tudo,
ame-se.

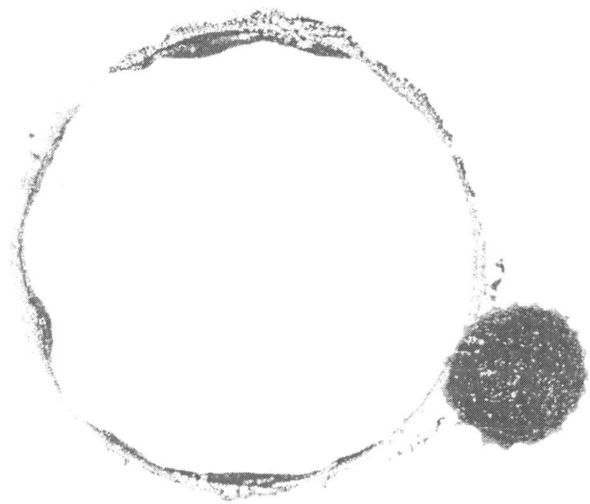

Eu prometo

Eu não faço promessas além do que
meus olhos, mãos e boas conseguem tocar.
Eu juro, não consigo.

Eu consigo prometer alguns banais cotidianos.
Se assim tiverem valor pra você,
prometo que serão, diariamente
e especialmente, todos seus.

Prometo que, durante nossas viagens de carro,
vou colocar nossas músicas em som alto,
cantar em meu melhor tom, ainda que,
desafinado e irregular,
dedicando cada nota musical
a um piscar de olhos seus.

E prometo, ainda, parar num canteiro da estrada
e arrancar uma flor qualquer de um matagal,
só para te oferecer e colocar nos seus cabelos,
lindamente já desarrumados pelo vento.

Prometo que todos os cafés feitos pelas manhãs
serão diferentes, mesmo que sejam sempre o mesmo pó.
Mas estarei sorrindo, em todo tempo, de um jeito
novo ao prepará-lo.
Talvez eu consiga adoçá-los de maneiras novas
para te ver despertar sempre melhor.

Prometo que seu nome ecoará
dentro dos 1440 do meu dia,
revezando entre saudades e desejos.
E prometo que, quando contigo,
os 86400 do seu dia,
serão cuidadosamente tocados por minhas
mãos em sua pele.
E se não sentir, apenas feche os olhos.

Prometo que vou tentar aprender a dançar melhor,
para te puxar, de repente do nada,
no meio da sala e jogar nossos corpos,
de um lado para o outro,
até a música parar num beijo seu.

Eu prometo que vou esquecer algumas datas especiais,
que vou deixar toalha molhada pela casa
e que vou me atrasar em alguns encontros
E prometo que em todos estes casos,
estarei com um pedido de desculpas sincero,
porque eu, falho como sou, intencionalmente,
tentei não te magoar.

Eu não consigo prometer que vou te amar
todos os dias e para sempre.
Mas se tudo isso que prometi servir,
acho que estarei no caminho certo.
Prometo!

Seco

Há quem queira que minha secura seja exagerada,
mas não me permite chorar.
As consequências da troca malsucedida de emoções,

Tudo vale a pena?
Honestamente,
Não sei.
Você não sabe,
ele não sabe,
Quem não sabe?
Ninguém sabe.

Eu quero chorar!
Oh, eu esqueci,
Não há água.

Não diga que me ama

Eu gosto quando você diz que me ama,
mesmo que com poucas palavras.
Eu gosto quando você diz que me ama,
mesmo que em silêncio, com a respiração.
Eu gosto quando você diz que me ama,
mesmo que pelos olhares.
Eu gosto quando você diz que me ama,
mesmo quando não diz.

Mas eu também gosto quando você não
diz que me ama.

Eu gosto do sabor das esperas.

Poesia é construção

Nos meus poemas não há um só muro,
Somente pontes e pontos.
Dos tijolos que a vida me jogou,
pavimentei novos caminhos e fiz poesia.

Precisei ir

Não é sobre não querer ficar
É sobre precisar partir

Não é fugir
Nem esconder

Fui para aprender

Não é sobre não querer seguir
É sobre não querer partir alguém

Fui para não partir

Assim entendi
Ao longo de partidas de coração
Que precisei ir

Por isso que fui

Fui para um dia ficar.

Na infância
quem nunca jogou pedra
num pé de jambo
não sabe o que é correr
feliz da vida.

Poema de viver

Nasci para viver e vivo para nascer
Um pouco a mais todos os dias

Não quero ser mero espectador da existência
Muito menos néscio de si

A vida pede alma e calma
A vida pede sede e rede

Faço poesia colo, não dolo
Faço poesia de cor, não dor

Eu farei sol
Quando precisar de água
Eu farei chuva
Quando precisar secar

Eu desligo o automatismo
Para descer ladeira abaixo
Meu modo off nunca descansa
Apenas regozija na próxima estação.

Eu gosto de apreciar a vista de outra vista
Mesmo que distante aos meus olhos
Eu assolo poeiras do mundo longe dos meus versos
para construir uma nova perspectiva do meu amanhã.

Um dia vou deixar de viver
Para viver em paz
com as lembranças de tudo que vivi.

Flores pra você

Uma vez colhi flores para você
uma vez viajando pelas montanhas e rios à noite
por você.
Uma vez esperando por você na chuva,
vento e frio,
fiz muitas coisas por você
que não podem ser chamadas de românticas e suaves.

É assim que as coisas são.
O doador de flores pode facilmente agarrar
suas distrações,
e o plantador de flores nunca será ávido por
seu retorno.

Em cantos do tempo que você pode não prestar
atenção,
sempre há alguém disposto a dançar por todas as
suas ações,
guardando silenciosamente todas as suas emoções.

A vida é tão longa,
se você conseguir um confidente,
será uma pena perder o encanto da vida.

Espero que possa ver através das flores
e do distanciamento entre a adoração e a beleza,
valorizar o comum e a palavra,
e não deixar de admirar o beijo próspero.

Nasci para amar

Você é igual a mim?
Eu acredito no amor verdadeiro,
mas do fundo do meu coração,
eu nunca acreditei que a combinação perfeita
entre o céu e a terra pode realmente ser realizada.

Sempre sinto que o amor verdadeiro é como um deus,
e provavelmente nunca revelará seu verdadeiro
corpo facilmente em toda a vida.
O diabo é sempre aquele que pode ser facilmente
encontrado na face de todos os seres.

Graças aos amantes que contribuíram
repetidamente para a construção,
aprofundou a compreensão de que
existe amor no mundo.
Fiquei cada vez mais convencido
de sua dignidade e santidade e,
ao mesmo tempo,
mais convencido de que ele já existe em mim.

É melhor nos fazer ansiar por isso durante toda a
nossa vida,
mas não queremos enfrentá-lo por toda a vida.

Nascido para ser humano,
o destino está destinado a estar
na companhia de desastres naturais.
Se o amor é verde como um pasto, é difícil escapar.
Quando você chegar à idade adulta de Deus,
será difícil para nós andarmos sonâmbulos na grama.
Eu estou maravilhado com o amor que é verdadeiro em mim.
É um acidente, e ao mesmo tempo aceito que não amar
também é um acidente.

O amor verdadeiro pode ser respeitável e precioso,
mas triste e ridículo,
mas não pode nos fazer amar.

Singular

No amor, nenhuma singularidade pode acontecer
sozinha.
Isso é verdade para o nosso amor,
e o mesmo é verdade para o nosso desaparecimento.
Sim, eu sei que nem todos os puxões são em vão,
mas nem toda conversa gentil
e preocupação podem começar bem.
A felicidade não tem tudo a ver com amor,
mas é o mais indispensável.
Tiremos metade de nossos corações,
já que dissemos que éramos infelizes,
não vamos nos despedir.

Sonolência
As lágrimas duram a
noite toda, mas a dor
sempre vê a luz.

Nosso momento glorioso
também pode ser
a eternidade da vida de
outra pessoa.

**Existem muitas pessoas
que compartilham
felicidade,
mas poucas pessoas
entendem a dor.**

Humanidade, um lema?

Viver...
Um jogo
Ignorância...
Mãe do ressentimento
Ambição...
Mãe da estupidez
Humanidade...
Nosso lema

Eu me ajoelho para te mostrar
Meu desejo de paz
Pisando em preconceitos sociais
Quando somos todos carne e sangue
E seria engraçado
Que quando morrermos
Nossos ossos forem
De cores diferentes

Aceitação de diferenças
É a resposta
A racialização dos pigmentos,
Das cores, sons e formas
É o veneno eterno
Tolerância é o solo
Da nossa humanidade.

O tempo passa
E nunca mais volta
O passado permanece imutável
O futuro
Convidando-nos a superar
Preconceitos

Tantas vezes
Vamos voltar nossos relógios
Quantas vezes
Nossas andanças
Será consertado para a posteridade

Podemos então
Retirar nossos fundos secretos
O calor da nossa humanidade
Em geometria variável
Para aclamar as nossas diferenças.

Sonhamos com estrelas diferentes,
mas todos nós queremos voar,
tocar o céu com os dedos
e dormir ao lado da lua

para que nos sintamos um pouco menos sozinhos

Pássaros

Sobre o mais necessário e o mais importante
Estou escrevendo para você,
e o vento vai ler novamente.
Eu percebi que estava errado uma vez
E sem você há vida neste mundo.

Sobre o mais prosaico e absurdo
Estou escrevendo para você
e os pássaros vão ler novamente.
Que as estrelas não desapareceram do céu,
E as letras não desapareceram da página.

Sobre o mais íntimo e desejável
Tudo sobre você, dos ombros ao pulso.
Eu vou respirar
E todas as feridas doentias
Vou amarrar tudo com esperanças de felicidade.

Remar

É possível encontrar liberdade em um mundo de mudanças
Agarrando-se firmemente ao molde do passado?
Parece tão confiante, mas o que em troca,
Exceto pela expectativa primitiva do vulgar?

Como se um belo momento fosse um modesto remo,
Um meio para uma finalidade esperada
Bem, você rema, embriagado de sono.
Transformando relógios de pulso em correntes.

Eu pensei que estava acordado, mas na realidade
Acabei de ver um sonho muito óbvio
Abra seus olhos e coração e saia da cama
Aja antes que o sonho seja sequestrado novamente.

A vida não é discutida, mas vivida!
A liberdade queria agir através de você
Concentre sua energia em um instante com uma ponta do remo
Tudo que você precisa fazer é apenas fazer: remar.

Entregas

Dê-me liberdade
Dê-me sorrisos
Dê-me espaço à sua alma
Os arcos celestiais pressionam meu peito
Alvo de pequeno horizonte

Dê-me firmeza
Dê-me esperança
Fé no dia que virá
Para não subornar os ignorantes
Para não ser capturado

Dê-me uma voz
Dê-me uma palavra
Dê-me um discurso
Para satisfazer a fome com direitos iguais
Para não deixar dormir sem sono

Dê-me o direito
Dê-me a força
Dê-me poder com moderação
Para não desaparecer na escuridão
Para não se tornar um vazio.

Pueril

Eu quero ser uma criança pequena perto de você
Descuidado,
caprichoso,
com pressa de conhecer esta vida.
Ficar triste por acaso e
rir estridentemente,
Ver um milagre em tudo e
acreditar sinceramente nos sonhos
Eu quero ser fraco e
frágil perto de você,
Ingênuo, sem me lembrar do mal, sem guardar rancor.
Seja o mais terno e obediente com
o melhor de sua capacidade,
Infantilmente feliz,
sem saber a medida do amor.

Enquanto eu me lembrar
Eu faço perguntas
Enquanto eu pergunto
Ainda não sou adulto

Para permanecer uma
criança
É preciso coragem.
Nem sempre toda a sua
"idade adulta"
Indica maturidade.

Ao nos acordar

Eu acho que tenho dormido toda a minha vida
Mas apenas com os olhos entreabertos
Eu olhei para você quando despertei
As respostas vieram, de alguma forma, por si mesmas

Eu sempre senti intuitivamente
Para onde me virava e ouvi a resposta.
Eu estava em três estados, como água,
E o mais importante, eu vi uma luz na escuridão

Amei amar infinitamente
Amei pessoas, amei a natureza, amei a vida,
Sem esperar nada ser amor
Disto, meu espírito aspirou para cima

E eu acordei deste voo
E uma lágrima sem fim de felicidade
Oh, como este mundo é lindo! juro
Eu gostaria de dar meus olhos a você.

Loucos, Leves e Livres

O que é bonito?
O que é feio?
Não são os olhos que decidem
E o filtro de percepção é imperioso
O que mais eu posso dizer?

E o fato de que se quero a felicidade
Então me cerco de pessoas
Cuja faísca brilha com mais frequência
Que a luz do amanhecer

Fico perto daqueles que estão frenéticos
De sede de vida e amor
Não aprecio aqueles que desmerecem o amor
E aqueles que queimam o tempo

Em qualquer posição,
Faço reflexos do meio
Loucos movem o planeta
Afinal, estes acreditam que podem fazer isso.

Sob seu sol

Somos ensinados a lutar desde a infância
Na luta, roendo um lugar sob o Sol
Temos certeza de que somos concorrentes
E eles juntam talentos para alugar
E começamos a trabalhar duro
Incorporando o sonho de outra pessoa, provavelmente
E o que você gostaria de receber
Para não impressionar os outros
E sinceramente, honestamente, o que você quer?
Então você tem tudo isso há muito tempo.
Ninguém vai se copiar
Mais uma vez, vou repetir em voz alta
Tendo terminado de lutar por um lugar sob o Sol
Você mesmo, inevitavelmente, se torna um.

Apressado para viver

E onde você está com tanta pressa?
Todos nós vamos para o mesmo ponto
Alguém dirá:
"Que idiota! Estamos com pressa porque vamos morrer."

Eu vou responder, só porque
Que todos nós sabemos o final
Não consigo entender essa pressa
Há muito deixei de me preocupar

Se todo mundo cair de qualquer maneira
Então, usar truques não é pecado
Para não cair: virar
E sinta como se estivesse voando

Nada que você possa tirar
Mas talvez você possa ir embora
Comece a jogar o mais rápido possível
Quem tem pressa chegará tarde para viver.

Maria

Há quem venha ao mundo
Com pressa para viver
Com folego
Como ventos que parecem querer abraçar a vida

Já no início
Anunciastes a chegada
Soberana forma de presença
Querendo um mundo inteiro para descobrir

Tão pequena e brilhosa
Escolhestes a primeira hora
Clareando o mundo, ainda que noite
E se fez luz: Clarisse

Já no primeiro abraço
Eu te encontrei dentro de mim
E não posso mais ser só
Esta é prova do quão bem te quero

Sonha minha pequena
Voa minha flor
Você sorrindo pra mim
É a vida sendo generosa comigo

O que eu sinto
É imenso e puro
Um amor sem dimensão
Sentimento nobre como seu nome

E feliz dessa vida
Que tem você pra sorrir
Girassol do mundo

Seja você
Seja em paz
Seja humana
Seja Maria.

FAÇO PIADA DA VIDA
E DA VIDA, POESIA.
A VIDA É UM ESTADO
INTERMINÁVEL DE GRAÇA.

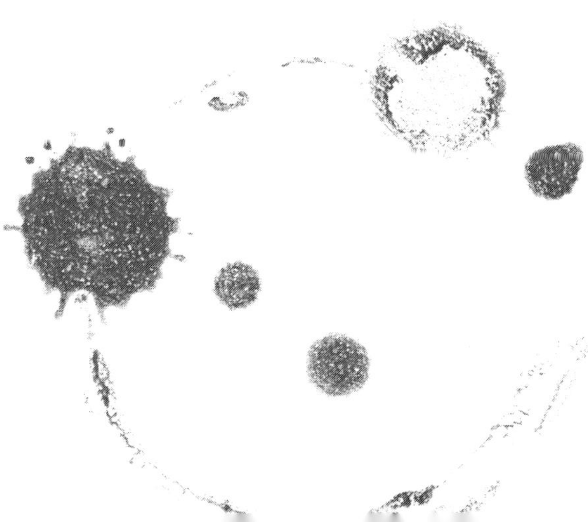

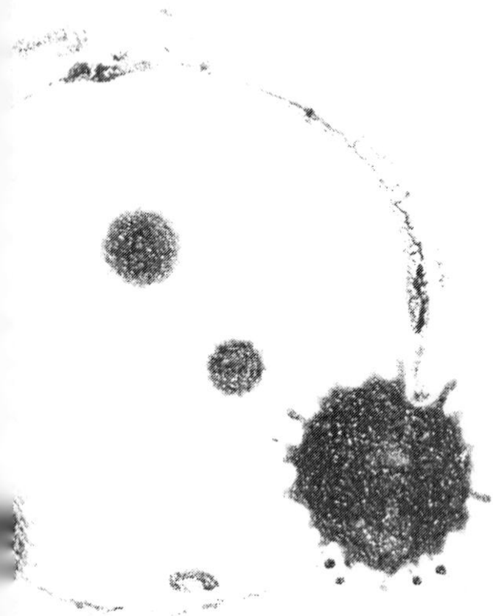